SATIRE.

LE SCRUTATEUR

D'UNE INFINITÉ DE BEAUX ESPRITS,

ou

LE ZÉLATEUR

DU RÉGIME MONARCHIQUE,

Par M. Bohaire-Dutheil,

ANCIEN AVOCAT, ANCIEN OFFICIER DE MONSIEUR,
PENSIONNAIRE DE S. A. R.

> Que j'aime à voir ce sage, exact à la tribune,
> S'énonçant d'un bon ton,.... d'aisance peu commune....
> Il parle pour le peuple, il parle pour le Roi,
> Son but est la justesse, et son guide est la loi.
> Ses vœux les plus ardens, en loyal aristarque,
> D'accord avec son cœur, sont pour un seul Monarque.
> Amateur du bon ordre et de la probité,
> Il veut qu'on aime aussi la légitimité...

A MEAUX,

DE L'IMPRIMERIE DE DUBOIS-BERTHAULT.

1823.

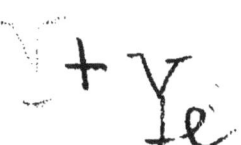

SATIRE.

TRIGAUDS, esprits mesquins, qui visiez à la gloire,
Qui souvent sans génie, avec de la mémoire,
Mettiez un prix si haut à vos vers, vos discours,
De vos fades chansons, arrêtez donc le cours.
De quelle utilité paroissoient vos ouvrages,
Pour réclamer encor les plus brillans suffrages?

Lorsque des flots de sang inondoient les états,
Avez-vous signalé nos plus grands scélérats?...
Composiez-vous des vers pour critiquer les fêtes
Que l'on donnoit au peuple en abattant les têtes?

Avez-vous fait un choix bien digne des lauriers,
Des sages, des savans, et des plus grands guerriers?
Oui, de bons citoyens, nous voulons bien le croire,
Vous avez célébré les vertus et la gloire.
Sans doute on dut vanter tant de fameux exploits,
La valeur, le mérite et les plus sages lois;
Il ne faut pourtant pas user de flaterie,
Chacun peut être atteint par la supercherie....

Quels étoient les abus que vous avez sifflé
Dans vos écrits flatteurs, en style boursoufflé?
Quel fut le vicieux ou le voleur insigne,
Que vous fites connoître en le jetant hors ligne?...
Et de quel bien public, votre prose, ou vos vers
Ont-ils été pour nous, dans ce vaste univers.

Sur différens sujets, ménageant l'influence,
Avez-vous combiné le bonheur de la France?

Du pauvre, ou du soldat défendant tous les droits,
Signaliez-vous le but des décrets et des lois.

Si l'on offroit des sots pour des académies,
Comment nous parliez-vous de telles infamies?
Sur l'intrigue au théâtre, avez-vous fait des vers?
Et de quelques acteurs, aux esprits de travers,
Détruisiez-vous les torts ainsi que la jactance?

Citiez-vous les talens, les vertus, la science?
Sur vous trop d'intérêt fit-il impression?
Vous avez, dites-vous, fait satire et chanson,
Quel étoit votre plan, surtout votre morale?
Favorable au mérite, étoit-elle fatale
Aux fréquens quolibets, de journaux vicieux,
Etiez-vous un flatteur, complaisant langoureux.
De tel juriste allant tous les jours à la messe,
Avez-vous publié quelle étoit la foiblesse,
Surtout pour le divorce?... un tartufe entêté,
Exerçoit quelquefois sa fausse piété.
Et la femme aux abois, avec un vrai corsaire,
En vain d'un tel époux, dans une plainte amère,
Eut prouvé des forfaits..... Le dévot animal,
La laissoit dévorer auprès du tribunal......
De certains généraux, par des leçons utiles,
Avez-vous signalé les projets trop futiles,
Pour se faire honorer dans la postérité
En pompant notre sang dans leur atrocité?
Du pieux Fénélon, feuilletant les ouvrages,
Leur avez-vous cité les célestes passages?...

---

* Voyez à la fin, pour cette étoile, et des vers faits pendant
le cours de l'impression...

En lisant Télémaque, ils étoient confondus
S'ils croyoient par le sang, illustrer leurs vertus.
Mais il ne faut pas moins célébrer des conquêtes,
En mille occasions, nécessaires, honnêtes,
La gloire des héros, vanter avec ardeur,
Dès qu'elle aura pour but le salut et l'honneur...

Tels furent des bons Rois, combattant pour la gloire,
Combattant pour la paix... A coup sûr notre histoire
Consacrera toujours le but de tels exploits,
Ils ont des citoyens, tous les vœux et la voix...

Si votre muse, à vous, malgré l'ingratitude, (1)
De souvent bien vanter, contracta l'habitude,
Futes-vous toujours vrai? comme étant seuls ici,
Pour qui tel grand en place, avoit un cœur transi,
Et puis certain guerrier connoît l'art de la guerre;
Mais en littérature,... ho! quelquefois il erre...
Chacun à le tromper trouve son intérêt,
Moi-même sur ce point, suis-je un meilleur sujet?

Souvent on porte en soi la dure frénésie
De la rivalité, surtout en poésie;
Dans Richelieu lui-même, à ce vice fatal,
Le grand Corneille avoit un injuste rival;
Cette rivalité fait le fléau du monde,
On ne convient de rien dans sa fureur immonde,
Ignorance, ou talent, le crime ou la vertu,
Par sa morgue acérée, on s'est mal entendu.

De votre muse encor, ha! telle fut peut-être
Aussi la frénésie... Il faut bien se connoître,
Et l'art de la satire est un art rigoureux
Qui pour soi, pour autrui, fut toujours dangereux.

Sur les prix decennaux, d'éternelle mémoire,
Avez-vous mesuré quelque petit grimoire?...
Citiez-vous les auteurs que l'on dut couronner,
Et d'autres qu'à l'oubli, l'on pouvoit condamner.
A défaut d'un Virgile, est-il un bon Horace,
Qui près de votre vérve ait pu trouver sa grace?

  Comment nous parliez-vous d'un moderne Piron?
Comme ce monsieur E. le fites-vous *Gacon.*
Et prince parmi nous de bonne poésie,
Futes-vous assez sot pour l'appeler *Sosie?*
Dites-nous-le, par vous fut-il réduit à rien,
Comme tel candidat, érudit et vaurien?

  De quelque cercle étroit, aveugle, atrabilaire,
Vous fites-vous chasser comme anti-sanguinaire,
Et par exemple aux gens, en procurant du pain;
Toujours contre le sang, orateur trop humain?
Un singe, un apostat, autre animal profane,
Comme tel prolétaire, en vous montant sur l'âne (2),
Ont-ils cru vous ternir de réputation,
De sots, ou d'indiscrets, avec l'aversion.

  A quelque fat en place, en passant des ouvrages,
De lui, de ses commis, pour avoir les suffrages,
Méprisant des travaux, l'exercice complet,
Vous a-t-on fait subir même affront qu'à *Nollet?* (3)
De vos doctes écrits, ne vouloit-on rien lire?
Tant on vous redoutoit dans l'art de la satire!
Si nous avions des chefs, contre certains pédans,
Il nous falloit de plus des habiles *croquans,*
Il fut souvent des droits qui sentoient l'esclavage,
Qui de bons citoyens n'avoient pas les suffrages.

Tels des droits violens d'un ordre successif,
Et d'autres fort connus d'un abus excessif.
Certe il faut des impôts, qu'ils soient considérables!....
Les charges de l'état sont incommensurables....

Mais avec notre Roi, satire est en défaut,
En faisant pour le mieux, il fait tout ce qu'il faut;
Un temps viendra sans doute, où son cœur magnanime,
Pourra sur les impôts choisir tout bon régime,
De ses vœux paternels, connoissant les efforts,
Laissons agir en paix les agiles ressorts.

Or, pour le vrai mérite, érigeons toute place,
Toujours pour un tel but, dirigeons toute grace;
Etudiez donc bien et le code et ses lois,
Et sur vous quelque jour on fixera le choix.

En affaire, en procès, souvent rien ne réforme,
C'est quelquefois le fond qu'on gruge avec la forme.
On pêche la hablette, avec hameçon d'or,
Pour un petit centime, on consomme un trésor.
Le vice avec les sots, fut souvent de justice,
En tous sens, à rebours, on fut en exercice,
L'imposture par fois, tint lieu de vérité
Et l'injustice encore est par fois l'équité.

Or, que faisiez-vous donc pour comprimer le vice,
Défendre les vertus, couronner la justice?
Dans notre ordre civil, quel étoit votre état?
Etiez-vous au barreau, président, avocat.
En comité, jury de la foible indigence,
Energique, éloquent, prites-vous la défense?

D'un traître ou d'un escroc, démasquant tous les traits,
Avez-vous publié la ruse, ou les forfaits?

Ici dans ce bas monde, il fut un privilége,
Pour savoir dépouiller, exerçant son manège,
On ne suivoit souvent nos décrets et nos lois,
Que contre les voleurs des chemins et des bois;
Civilisation, voilà ce qu'on appelle,
Vous pouvez voyager sans plainte, ni querelle;
Mais arrivé chez vous, étiez-vous dépouillé
Par vos propres agens? c'est là que bien noyé
De méchantes raisons, dans un amas futile,
On venoit tout vous prendre, en campagne, à la ville
Par ordre d'injustice, un fourbe et des intrus
Enlevoient votre avoir, en prônant leurs vertus.
Dans cet ordre pervers, et même dans nos codes,
On surprenoit par fois des raisons fort commodes...
　　Forcé d'aliéner, de placer de l'argent,
On devoit vous payer le tout exactement.
C'est alors que l'intrigue, avec l'escroquerie,
Ont employé tout l'art de la supercherie.
　　Et par mille détours, on s'y prenoit si bien,
Qu'on pouvoit malgré tout, payer avec rien,
De tels civilisés, c'étoit la politique,
Avec rusés bourgeois, par fois la république,
Vous aviez beau crier au vol, à l'assassin,
Dès que l'on vous vit riche, on vous baisa la main,
Eut-elle été la griffe en ville écorcherie
Du tigre, ou du renard... or de la raillerie
Nous étions le jouet; au lieu de nous aider,
Les moyens pour tous vols on venoit seconder;
Voler ainsi dit-on, c'étoit la pure adresse,
Il faut être doué d'astuce et de finesse....

Vouliez-vous réussir en beaux arts, en procès,
Dans une coterie on s'ouvroit des accès.
Si l'on étoit chrétien, paroissant orthodoxe,
Etant de la partie... Alors nul paradoxe
Ne devoit arrêter... Etiez-vous franc-maçon?
Et puis d'un vrai jongleur, en prenant le jargon,
Fûtes-vous protestant, un outré janséniste,
Païen, juif, athée... ou bien un molliniste?...
Faisant tout au logis... payant les serviteurs...
Caressant la soubrette et ses adorateurs.

Telle société n'offroit qu'une grimace,
Pour singer tout faux air, sans oublier l'audace;
On étoit nécessaire au chef de la maison;
A sa femme, en secret... on fut un vrai démon,
Flattant, contant, prouvant, et nulle imprétinence
Ne rebutoit en rien... ayant de la jactance,
Ou de la modestie... avec l'occasion;
Fréquentant les roués, on se disoit *Caton*;
Tantôt bas... Tantôt haut... furent route commune
En province, à Paris, procurant la fortune.

Voyez-vous cet escroc dans la société,
A cause de son or, il fut partout fêté;
Je le disois souvent, on nommoit industrie,
L'art de gruger, voler, citoyens et patrie.
Mais voler dans un bois, ou dans un grand chemin,
On vous l'a dit encor... criant à l'assassin;
Voler, piller ailleurs, c'étoit la seule gloire,
Et le moyen certain de paroître en l'histoire;
Suivant l'opinion... Même quelques lettrés,
Des dons de la vertu n'étoient point pénétrés.

Pour capturer, de l'or, la funeste cabale
Dans tel siècle de fer, fut de mode infernale.
On sait que tout plaideur se plaît à publier
Sa raison prétendue... On le laissoit crier..
N'importent quels moyens s'agissoit-il de prendre,
Astuce, hypocrisie... à tout on dut s'attendre ;
Religion aussi fut un masque pour eux,
En volant votre argent, ils invoquoient les cieux;
Vous aviez beau lancer épître, ou bien mémoire
Pour prouver de vos droits la justice notoire;
Tout restoit au carton comme vase d'oubli,
C'étoit un grand moyen qui ne fut affoibli
Par aucunes clameurs, puisqu'il étoit de mode..
Au carton... au carton... c'étoit une méthode,
Un déni de justice... et sans nulle raison,
Pour valable réponse, on fourroit au carton..
On dépouilloit... tuoit... étouffant une épître,
Et mettant de côté tout article, et chapitre,
Le carton faisoit tout... Il servoit aux commis,
C'est avec le carton qu'on perdoit ses amis,
Qu'on annulloit l'ardeur d'un fidèle poëte,
Ou de toutes nos lois, du plus sage interprète.
  Par quelque grand bavard, étiez-vous en faveur?
On vous prônoit partout comme un célèbre auteur;
En vain bien des écrits n'étoient que platitude,
Journaux vendus suivoient leur triste exactitude,
Pour blâmer les bons vers, et louer les méchans,
Tout bureau de journal nous donnoit des savans.
On croit dans ce lieu, mais non pas par l'étude,
De croire sur parole, on prenoit l'habitude,

Le publiciste a dit... un autre a prétendu...
Croyez mons R. ou P. tel journal fut vendu
A nombre d'ignorans et très-souvent des bêtes...
N'importoient leurs propos, ou leurs mauvaises têtes,
Il falloit bien les lire, on voyoit leur journal,
On dut suivre son but, il étoit fort loyal,
De s'empresser en tout, pour publier l'histoire,
Comme étant en crédit et digne de mémoire.
    Que fit à tel maraud, l'esprit, le bien public?...
Le salut d'un monarque, ou celui d'un syndic?
De flatter ou chanter, il avoit la folie,
Pouviez-vous la guérir?, en lui c'étoit manie
D'écrire ou de jaser, puis, c'étoit son état,
Vous blâmiez un grand sot, il honoroit un plat ;
Dépendant de ce brute, il y en eut des centaines,
Ils étoient sur nos pas, douzaines par douzaines,
Tous se trouvoient du nombre, or dut-on sur tel corp,
Crier à toute outrance : « à l'âne... au vrai butor.
Fussiez-vous Despréaux... fussiez-vous un Horace,
Qu'un seul de vos écrits n'auroit trouvé de place,
Dans telle absurde feuille, et contre vérité,
Ne fut-il donc que bête... il étoit entêté....
On vantoit l'écrivain de tel cercle, héraclite,
On le sentit bientôt, ce prétendu mérite,
Mais rien ne corrigeoit, on fut payé pour ça,
Avec beaucoup d'argent, on exerça, dressa...
Que voulez-vous donc dire? fut-il un seul reproche
A faire à tel cerveau, la plus forte caboche
Des feuillistes connus? allors on dut céder,
Et muses par l'oubli se laissoient dégrader.

Que chacun déraisonne, observez le silence,
On lira des romans, sans ordre ou vraisemblance;
Mais pour vos bouts rimés, on les met au carton,
On les jette par terre, on les change en chiffon,
De la part d'un trigaud... Comment s'y reconnoître
Lorsque pour l'éclairer, il récusoit son maître...
Pourquoi la nation, sous l'air de liberté,
Créa tant de héros avec l'égalité ?
C'est que chacun pour soi s'imaginoit combattre,
Ce véritable amour, rien ne pouvoit abattre.
Mais l'intérêt divise et l'inégalité,
Suit un autre système en fait de liberté.
Oui le même intérêt qui donnoit la victoire,
S'isole par le nombre... on en perd la mémoire...
Chacun veut être maître, or pour bien commander,
Certaine hiérarchie on devoit demander,
Cela fut difficile en un état trop vaste,
On vit bientôt choisir un funeste contraste,
Ce qui n'arrive point avec sage et bon Roi,
Tous n'ayant qu'un seul but et qu'une seule loi,
Le gouvernement va... en père de famille,
Le chef pour ses enfans dans tout, commande et brille,
Chacun a confiance en ses justes décrets,
Par intérêt, amour, on en suit les arrêts,
Même on se fait la loi d'en suivre la censure,
Ha! l'image d'un père est tout dans la nature!!!

De la perfection cherchez donc les appas,
Et de la gloire ici, ne quittez point les pas...
Fixez cet orateur, criart à la tribune,
S'il jase du soleil, il se perd dans la lune,

Il confond le ministre avec le souverain,
Il est tout-à-la-fois et français et romain ;
Qu'on lui parle raison il devient comme un dogue,
Pour être royaliste, il se fait démagogue,
Toujours à contre-sens, c'est pour contrarier,
Qu'il opine et qu'il vote, à l'entendre crier,
Il se croit Cicéron, ou bien un Démosthène,
Il n'est ni l'un ni l'autre, on le voit avec peine ;
Si l'opposition entraîne ses avis,
Il suivra tel extrême, en tout ses faits et dits,
Voudra-t-il soutenir le parti royaliste,
Il est en *controverse*, et toujours à la piste
De mauvaises raisons, on voit dans ses écrits
La contrariété, puis en d'autres ressorts,
Etant à double face, il se fait un despote,
Et d'extrême en extrême, il divague, ou radote ;
Est-ce donc là l'équité ?... la constitution
Royale et populaire est en tout la raison ;
Lui faut-il des impôts, ce n'est qu'avec justice,
Qu'elle a recours encore à notre bon office ?

Raisonnons, discutons, évitant les clameurs,
Surtout point de scandale, et bien moins de fureurs ;
Parlons au souverain, comme on parle à son père,
Disons la vérité sans intrigue ou mystère,
Toujours citoyens, bons, et sages et discrets,
Renfermons-nous souvent en comités secrets ;

Mais un ambitieux, brûlant d'être ministre,
Ou bien de tout brouiller dans sa fureur sinistre,
Veut souvent exciter de la publicité,
Si c'est pour s'avancer, il devient entêté,

Voilà l'homme en effet, c'est pour lui qu'il résonne,
Rarement pour le peuple, il s'échauffe, ou bien tonne.

Or, peut-on le nommer un vrai pannier percé,
A-t-il plus qu'il n'avoit quelquefois dépensé?
Et connoissoit-il donc le ménage et l'épargne,
S'il avoit le Pérou, lui falloit-il l'Espagne?
Pourtant l'économie est dans tous les états,
Ce qui pour le vrai bien, produit des résultats;
Nous le savons, on doit à la munificence;
Mais il faut ménager les fruits de l'abondance,
Ne faut-il pas garder des secours au malheur,
La fortune est volage, avare du bonheur.

Or, l'infortune instruit et toujours la justesse,
Dans une âme bien née atteint à la sagesse.

Tel un bon citoyen, dont les intentions,
Sur un ordre établi, démontre les leçons;
Que j'aime à voir ce sage, exact à la tribune,
S'énonçant d'un bon ton... d'aisance peu commune...
Il parle pour le peuple, il parle pour le Roi,
Son but est la justesse, et son guide est la loi.
Ses vœux les plus ardens, en loyal aristarque,
D'accord avec son cœur, sont pour un seul monarque.
Amateur du bon ordre et de la probité;
Il veut qu'on aime aussi la légitimité;
Si son maître a besoin d'un surcroît de finance,

Sans user de cabale, encor moins de jactance,
Des desseins du ministre, il va scrutant le but,
Fidèle mandataire, il en a l'attribut;
Il opine avec zèle, il vote, il examine,
Et toujours juste et vrai, tel il se détermine;

Les fonds sont accordés, très-sûr d'un bon emploi,
Un chacun de bon cœur en fait hommage au Roi.
Nous voyons dans le prince un père de famille
Qui de la nation fait son enfant, sa fille.
C'est ainsi que les Rois, sont sur terre des Dieux,
Faisant de leurs palais le vrai séjour des cieux,
S'ils veulent des impôts ; n'est-ce pas pour défendre
Nos droits et ceux du trône, en l'amour le plus tendre...
Exterminer !... quel mot !... non jamais un bon père
Ne voulut de ce terme, en toute sa colère,
Ne vit-t-on pas Jésus, au lieu d'exterminer,
Ne fixer ses bourreaux que pour leur pardonner,
Quoique païen, Licurgue a fourni tel exemple ;
Démonté de son œil sur l'escalier d'un temple,
Autorisé du peuple à punir l'assassin,
Loin de l'exterminer, il changea de dessein,
Il le garda chez lui, le traitant comme un frère,
Ce qui le corrigea bien plus que la colère...
   Hé donc ! notre Henri, nourrissant la cité
Qu'il bloquoit, assiégeoit... par ce trait de bonté,
Il gagnoit tous les cœurs, or dans un autre extrême,
En perdant ses sujets, il se perdoit lui-même...
   Mais « faites-vous un nom, dira tel citoyen,
« Vous êtes député, cherchez-en le moyen.
Toujours à contre sens sur la chose publique
Votez secrètement pour la république,
Masquez bien votre ton, et quand vous discutez,
Soyez un vrai brouillon avec les deux côtés ;
S'il faut de la terreur suivre en tout point les traces,
C'est le moyen un jour d'accaparer les places ;

Vous aurez votre part, sachez vous ménager
Le fortuné moment de pouvoir partager,
Devenez un Cliton, devenez un Clitandre (4)
On sait bien que du sang il vous faudra répandre.

En vain on vous prendra dans vos propres filets...
Vos successeurs alors tireront leurs stylets,
Ils trouveront leur tour, l'assassinat, les crimes,
Sur chacun de vos pas offriront leurs victimes...

Sur ces horreurs, hélas!... jetons un voile épais,
Le sang a trop coulé... ne cherchons que la paix.
Suivons notre Monarque et son expérience,
De bien nous gouverner n'a-t-il pas la science?
Or, convenez-en donc, pour pouvoir bien régir,
Ne faut-il pas d'abord à son prince obéir?
Et s'il en est un seul à régner inhabile,
Au lieu d'un mal-adroit, faut-il en prendre mille?
Redirons-nous encor de telles vérités?
Lorsqu'on vient d'éprouver de leurs atrocités,
Tant de sanglans effets... fuyons donc tout extrême,
Et d'un roi sage et vrai suivons l'ordre suprême.

Peuples, monarques unis, ne faisons qu'un seul tout,
Et de l'Europe encor, de l'un à l'autre bout;
Bien loin de tout scandale, au trône, ou dans le temple,
Edifions le monde avec un grand exemple,
Celui de la candeur, et celui de l'amour,
Pour le prince et le peuple, en province, à la cour,
Oui, n'ayons qu'un seul poids, qu'une seule mesure,
En suivant pour le chef le zèle et la droiture.

D'un tendre attachement pour son prince et son Roi,
Tout Français a juré profession de foi,

Et de la royauté, prônant le droit suprême,
C'est chérir la patrie, et c'est s'aimer soi-même,
De la grande famille en l'intérêt sacré,
Tout s'y fait de bon cœur, de loyal et bon gré,
Puisque par sa nature, un monarque est un père,
Près du trône et du Roi, chaque Français est frère;
Les aînés, les cadets, c'est dans l'égalité,
Qu'on respecte les nœuds de la fraternité :
Comme aussi des pouvoirs la sainte hiérarchie
Maintient les droits sacrés de notre monarchie.

Réunissons-nous donc, et de solide paix,
Recherchons avec zèle et honheur et bienfaits,
Avec la volonté constante et bien sincère,
Couronnons tous les vœux de notre auguste père...

Tonnant sur les abus, respectiez-vous les corps,
De leurs secrets motifs, animant les ressorts,
Orthodoxe, ou guerrier, le citoyen paisible
Excitoit-il l'élan de votre cœur sensible?
Les grands, les magistrats, tant d'illustres lettrés,
Trouvoient-ils dans vos vers des excès trop outrés?
Du trône et d'un vrai culte, admirateur fidèle,
Chantiez-vous les succès de l'amour et du zèle?
D'un tigre sanguinaire en calmant les efforts,
Lui citiez-vous Jésus dans vos sages accords?
Au lieu d'être féroce, au lieu de la vengeance,
Embrassant son prochain avec tendre indulgence,
Ecoutez les discours de certains freluquets,
Dans leurs sots jugemens suivez bien leurs caquets,
Virgile, Homère, Horace, étoient des métromanes,
De Rotrou, de Corneille, ils vous feront des ânes,

De composer des vers, n'ayant pas les talens,
Ils veulent les juger en dépit du bon sens;
De Racine et Voltaire, en leurs mauvaises têtes,
Ils font des ignorans et des méchantes bêtes,
La justesse est pour eux de la méchanceté
Et l'imposture aussi sera leur vérité.
Les insensés, hélas! ils ne sont pas à craindre,
Ayant un sens de moins, ils sont plutôt à plaindre.
Si leur rage en tous points contre d'anciens auteurs,
Ne pouvoit se calmer, jugez de leurs fureurs
Contre un auteur moderne, en leur folle cervelle,
Ils en font leur martyr, au lieu de leur modèle.

    A ce noble aveuglé, faisant comme Boileau,
Citiez-vous Bucéphale? or, mettant de niveau
Et naissance et mérite, un préjugé commode
Fut-il pour l'ignorance, un défaut à la mode?

    Dans la noblesse aussi, prisant la qualité,
Ce mérite pour vous étoit-il respecté?
Partout dans vos écrits, trouvoit-il des louanges,
Ne frondiez-vous enfin que des abus étranges?
Et vit-on dans vos vers votre muse en défaut
Préconiser le vice et célébrer le faux?
Guidé par la justice et la seule droiture,
Gardons-nous du faux poids et de fausse mesure.

    Pour l'intérêt du prince et de la nation,
Il faut qu'il y ait vraiment représentation,
Oui, que le vœu du peuple et notoire, authentique,
Assuré bien le sort de la chose publique.
Un vrai monarque est le premier soldat,
C'est un républicain... le premier de l'état...

Je l'ai déjà prouvé, c'est notre auguste père,
Auquel on obéit, qu'on respecte, ou révère,
Laissons donc le passé, ne songeons qu'au présent
D'une solide paix savourons l'agrément,
En dépit de l'envie et de tout Aristarque (5)
    Juriste, orateur, métromane,
    Saint, fanatique, ou profane.
Harmonie, union du peuple et son monarque.
  Evitons en effet d'être trop rigoureux,
Sur les vices humains soyons plus généreux,
Souvent trop de rigueur fit épargner le vice
Or, fuyons tout extrême, en comités... justice...
En fixant les effets de révolution,
Nulle part on ne vit la modération,
Au lieu de l'ostracisme, avec la guillotine,
Le sang couloit à flots de l'hideuse machine...
Morale et probité, l'on ne respectoit rien,
Vous étiez dans les fers d'un rustre, ou d'un vaurien.
Oui, glorifions-nous du terme à nos souffrances,
Il vient du souverain, passant nos espérances.
Pour régir avec gloire en défendant nos lois,
Et de nos libertés les plus solides droits...
  Ainsi de la satire, abandonnons les traces
Sur de si grands bienfaits, pour rendre en tout des graces...

NOTES.

(1) INGRATITUDE. Voyez l'anecdote avec le bon, le grand Henri et Aubigné... plus la note 1.re de ma satire *Damon*.

(2) *Ane*. Voyez l'allusion citée dans le n.º 12 des notes sur mon éloge de Boileau

(3) *Nollet*. On connoît l'anecdote, celle de laisser ironiquement ses ouvrages dans l'antichambre d'un homme en place.

(4) *Cliton et Clitandre*. — Plusieurs ont cru reconnoître *Danton et Legendre*, dans la citation de ces deux noms. — Il est certain qu'il m'est arrivé de heurter avec beaucoup d'énergie ces deux personnages, notamment le dernier, un jour qu'il alloit être de garde chez le Roi, alors Monsieur, se vantant de courir à son poste non pour honorer, mais pour garder le Prince; je m'escrimai vigoureusement contre cette rodomontade...

Et donc dans les comités, souvent on trouvoit que c'étoit moi qui tenoit le mieux tête à Danton. — Il en fut de même pour la défense de Louis XVI, en plein corps-de-garde de la section du théâtre Français, où tout en convenant que j'avois bien parlé, les deux jacobins Péril et Saint-Sauveur m'avertissoient officieusement que j'avois trop couru de risques.

Quand aux vers pour Napoléon, il faut sur tout cela voir mes antécédens; ne point oublier les anecdotes, celle du président Jeannin, tout *ligueur* qu'il fut... du poëte anglais Wallers, sa réponse à son Roi, pour lui faire observer que les poëtes sont plus heureux dans les fictions que dans les réalités. — En ce qui concerne le bonnet rouge, n'a-t-on pas vu le feu Roi, en des circonstances impérieuses, être forcé d'incruster son auguste chef dans cette grotesque auréole. — Parlerons-nous aussi de celle d'épines pour *Jésus* ?...... — Hé! donc encore. — *Silence et respect.* — La mise du bonnet n'étoit rien, le tout étoit de ne pas l'ensanglanter, on voyoit le glaive suspendu sur nos têtes, il n'étoit maintenu aussi que par un frêle cheveu que le moindre contact pouvoit casser.

Alors aux risques de notre existence et de notre fortune, nous implorions pour nous et pour les émigrés eux-mêmes, qui pour leur salut personnel, nous avoient abandonné et s'étoient bien entendu, réfugiés en de bons quartiers de réserve, tandis que la défaveur comme anciens officiers en cour, nous présens, et à notre poste, cette défaveur, disons-nous, planoit directement sur nos têtes, nos détracteurs ne cessant de nous appeler *les vrais suspects....* Or, nos soins, nos justes, fréquentes et périlleuses réclamations pour nous-mêmes et les émigrés, tout doit donner lieu à leur juste reconnoissance, d'autant plus que les malheurs ont été réciproques, et pourtant pour avoir tout, voudroit-on reprendre tout ; que deviendroit le sort de ce qui n'atteint pas même une juste compensation...... États, fortune, arriéré perdus, etc.... Non.... non.... s'écrieroit toujours notre magnanime prince, il leur diroit, il leur répéteroit : — » Hé! « *Messieurs, ne soyez pas plus royalistes que mon frère....* La paix..... la paix...

(5) A l'égard de quatre rimes de suite et du même genre, voyez le quatrain de Voltaire, sur Fréron mordu par un serpent, etc...

Enfin mon aimable Sylphide vouloit dernièrement me faire faire un nouveau voyage dans les régions éthérées, mais elle s'est bornée à m'en donner des nouvelles. — C'est à savoir que le bon, le grand Henri, venoit de faire part au président Jeannin, qu'il s'intéressoit vivement à ce qu'il me soit accordé un nouveau titre honorable et lucratif. * — « Sire, vous faites bien,

---

* Honorable et lucratif. — *Je ne puis résister encore à la tentation de citer mon quatrain sur ce sujet, le voici : — « Au pays des jaloux, malgré ce qu'on en dit, — Vive à jamais, vive maître Grégoire, — S'il n'aime pas beaucoup la gloire sans profit... — Or, il ne voudroit pas du profit sans la gloire. — Dans la vérité j'en aurois sans doute bien assez, si l'on vouloit seulement ordonner la juste et pompeuse représentation de mes œuvres dramatiques, surtout de mon Héloïse, le grand Condé et Jésus... Dans son ineffable bonté, ma Sylphide faisant de ces œuvres des véritables graces, avec l'approbation de Melpomène, disoit-elle...*

avoit répondu le président. — Ainsi, c'étoit comme Jean-Bart
à Louis XIV, lui annonçant qu'il venoit de le nommer *chef-
d'escadre.* — Sire, vous avez bien fait... — Ha! Mademoiselle,
répliquai-je, ne renouvellons pas les contes des *mille et une
nuits.* — Aussitôt, Socrate, l'Arioste, Fontenelle, le bon, le
divin Lafontaine, et autres, *dit-on*, de repartir avec énergie,
« qu'en général, il étoit d'excellens, de sublimes contes....

ERRATA.

Agrémens de Paris, Satire. — Page 18. — au lieu de —
mobilier, argenterie. — Lisez : — bijoux, argenterie. *Analise
de ma tragédie du grand Condé*, page 5. — au lieu de — Est-
que dans ce palais, on ne cède qu'au Roi. — Lisez : —
C'est que dans ce palais on ne cède qu'au roi, etc... — Page
6. — au lieu de — Mais n'en choisissons pas mille. — Lizez :
— N'en choisissons mille. — Page 11. — au lieu — ne démontre aux siens, — lisez : — ne démontrent aux siens. —
Même page. — Au lieu de — j'en ai l'ordre — monsieur, —
lisez : — j'en ai l'ordre, monsieur. — Page 16. — au lieu de
— railliées, — lisez : — ralliées. — Même page. — au lieu
— d'étouffe. — lisez : — étouffent. — Page 11. — lisez : —
mes jolis sabots me resteront.

Terminons, en fait d'erreurs, par citer celle de Boileau,
sur le mot *peints*, au lieu de *peintes*, dont il fut bien long-
temps à s'apercevoir. Voyez l'édition de 1768, tome 1.er, pag.
305, art poëtique.

Nota. Dans l'analise ci-dessus du *grand Condé*, page 9, j'ai
du mettre et j'ai mis *conjecture*, qui n'annonce que *l'espoir.*
— au lieu de *conjoncture* qui proclame l'évènement. Or, voy.
aussi la note 2 sur mon éloge de Dumarsais, pour ce qui a trait
aux minutieuses et volumineuses disputes de mots....

En relisant d'ailleurs mes précédens, réfléchissant même sur ma
dernière épitre à Napoléon, imprimée en 1815, on reconnoît toujours la pureté de mon zèle, et n'ai-je pas été, moi seizième, com-

missaire, à la tête de tous les officiers des Princes, pour la réclamation de nos finances et indemnités? c'est dans ces nobles comités secrets, tenus par fois chez moi, qu'il falloit entendre nos doléances ardentes, sincères, autant pour les absens que pour les présens; mais nos foibles accens, vu la fatalité de rester seuls, sans être soutenu par les grands, cette fatalité de nos accens isolés et plaintifs, faisoient qu'ils ressembloient à la voix dans le désert... Oui... oui... écartons donc la trop funeste image de ces momens infortunés, pour ne songer qu'à la paix...

Puisse la *présente satire*, comme celle *Menippée*, si fameuse dans l'histoire, contribuer aussi à porter les derniers coups à toute espèce de conception, ou ligue contre la monarchie, tout ainsi que cette même satire Ménippée, les a porté contre les extravagances de la ligue, qu'elle a couvert de ridicules....

---

* D'un prêtre politique, éludez les avis, — Fut-il un patriote, ou l'un des favoris, — De quelques courtisans... dans son ordre sinistre, — Tout émane de Dieu, dont il se dit ministre; — L'encensoir (d'une main, et de l'autre un poignard, — On l'a vu quelquefois, rougir son étendard.... — Or, il en est de bons, un Ecclésiastique, — N'est pas à dédaigner, pour être politique, — N'a-t-on pas des pasteurs, les meilleurs des humains? — Qui pour vous soulager ont toujours l'or aux mains... — Répandant leurs bienfaits sur les plus misérables... — Imitant de Jésus, les secours ineffables... — Il faut savoir choisir, approchez des autels, — Vous trouverez des saints dignes d'être immortels!!! — Un peu plus de gaîté dans leurs divins mystères, — On se croiroit aux cieux, et des Anges pour frères!!!

Il faut qu'un conseil, * qu'il soit bien composé, — En gens probes ...... que chacun soit zélé, — Pour l'intéret

véritable représentation ne sera toujours qu'un vrai conseil, auprès du Roi qui est le seul souverain.....

du Roi, celui de la Patrie, — Sans que jamais la gloire en puisse être flétrie. — Il faut de la candeur et de la probité. — La sage économie, avec l'intégrité, — Le bonheur n'est pas tout dans la seule richesse, — Le cœur n'est bien content qu'en sa délicatesse.... — Si des jolis sabots forment votre ornement, — Il faut les conserver, c'est d'un grand agrément. — Pour avoir les pieds chauds, surtout, dans la province, — Où les temps sont par fois d'une chaleur si mince.... — Mais ne plaisantons pas, on doit être décent, — Le costume par fois, ajoute au vrai talent. — A présent de Jésus, on voit en or la crosse, — Lorsqu'il étoit vivant, c'eût été trop précoce. — D'autres temps, d'autres mœurs.... or, la seule vertu — Est toujours à la mode.... En est-on revêtu ? — C'est ressembler à Dieu, c'est honorer notre être, — En s'immortalisant comme son divin maître.... — Un habile employé reconnoit les talens, — C'est l'enfant du travail, il en a les accents, — Il ne s'est avancé qu'avec de la science, — Il ne juge de tout qu'avec intelligence.....